句集 澤

小澤 實

角川書店

句集　澤／目次

装丁・本文レイアウト／山口信博
ＤＴＰ／玉井一平
装丁写真撮影／大友洋祐
装画／「垂迹曼荼羅残欠」

句集

澤

熊蟬領

平成十二年・十三年

残雪を弾き出でたる熊笹ぞ

湯を捨てて屋台しまひや梅の花

澤水に顔あらひたる辛夷かな

面箱におもてやすます春の暮

春の昼暴悪大笑面見あぐ

夕桜自転車のベル澄みにけり

火の栄螺噴くに遅速やいますべて

鹿島檜夏至残照をかかげたり

夕立や餓鬼山頂に日の差せる

石飲んで鯉石吐きぬ夏深き

母おはす鼻の頭の汗の玉

秋風やカレーにソースかけて父

朝市もかたづけごろや桐一葉

いま扠《さ》しし鰍かかげて木曾の子は

木の家の窓も木の枠きりぎりす

深山なる寄生木をもて聖樹とす

刈株の先出でてをる氷かな

穂草たり深雪を出でて吹かるるも

雪礫当たりし額や負くまじき

わかさぎの氷り曇れる身なりけり

みしみしと増ゆる人類冴返る

牛小屋の二階ものおき桃の花

小値賀島

島陰に遣唐使船おそざくら

買はんかな山桜咲く島ひとつ

つばくらや朝刊の昼とどく島

手鉤もて鰤後頭部一打二打

鳥除に鮑の殻や島の春

扇風機家内《やぬち》を向くや路地通る

ケフチクタウケッシテ死ナナイデクダサイ

夏蕨尖端に蟻いくつ乗る

細りつつ雪渓たるを止めずあり

新のみ貴からず古漬胡瓜覚弥とす

待つは楽しことに鰻の焼くるまで

鰻屋の衛へ団扇や串かへす

たかむらのかむさつてをる青田かな

田螺の国に闖入のざりがにぞ

和漢三才図会の奇獣を紙魚舐むる

小値賀島
島すべて熊蟬領や朝より

鉄火巻種は鰹ぞ島の内

軽トラック荷台にわれら合歓の花

島より島へわたりても雨紅蜀葵

逝く夏や野にひろひえて鹿の角

艶々と鹿の糞ありあたらしき

秋風や漁船大小白ばかり

花木槿雨中に犬の交りをる

漁具小屋の屋根にサンダル犬交る

咲きのぼり朝顔青し屋根の上

秋風や犬鳴らしたる金《かね》の皿

羽黒山

ひとすぢの光は最上鳥渡る

南谷ままこのしりぬぐひばかり

秋の風杉老いてひと祀りけり

塔古りて立木にちかし秋の風

鳥海山一澤に雪来たりけり

夜長なり即身仏を鼠食ふ

等伯をにくむ永徳草の花

踏みきたる雨の落葉に酔ひにけり

鼻をかみつつ歩きけり五歩六歩

風邪心地ノートパソコン点滅す

二百六十二字

平成十四年・十五年

初浅間わが両眼を占むるなり

信号機氷柱なすなりいま青に

雪嶺まで信号五つすべて青

寒夜握りし鬼房の掌のやはらかし

前山の悪相にして春隣

大浅蜊殻閉ぢ完全には閉ぢず

春の田は枯色畦はうすみどり
岩はなれ鮑むささび泳ぎかな
鮑の肉くつつきたしと波打てる

浜焼屋も火落しごろや百日紅

串持つて浜焼の鯖おもたしよ

生麦酒大ジョッキなり異論なき

岩棚は海猫《ごめ》の糞攻め明るきまで
渡りたる船に帰るや雲の峰
船上や生簀分かちて鯛と鯵

鰺の腸抜く鰺の桶腸の桶

兜虫首取れて内虚なる

靴買つて履きゐし靴は捨てて夏

南都海龍王寺別称隅寺伝来

般若心経二百六十二字涼し

チャンココや戸の内に子の隠れたる
チャンココは福江島の盆供養の念仏踊

郵便局に入りチャンココやひた踊る

チャンココや太鼓に張りし犬の皮

兜に貼る金の色紙やオーモンデー
オーモンデーは嵯峨島の盆供養の念仏踊

昨夕《よべ》刈りし力芝なり舞ぶき編む
舞ぶきは踊りの際用ゐる腰蓑

猿酒ぞ浸したる指嘗めたれば

幹おほふ苔明るしよ猿酒酌む

東大寺法華堂

踏まれつつ邪鬼あひかたる夜長かな

溝蕎麦や開けて土蔵の扉《と》の厚き

種馬の尻照る秋となりにけり

出雲

神在や晴よろこべる鳶鷗

隣りあふ大根や葉のかむさりあふ

有明山雪寄せつけず雪嶺の中

身の澄めり野沢菜漬に酒酌めば

気仙沼

モーカ鮫ねずみの眼なり解体す

心臓を抜く鮫の胸披《ひら》きては
鮫の心臓拳《こぶし》大《だい》皿の上
鰭酒に焼かんためわが舌はありぬ

象小川《きさのおがわ》草入氷すきとほる

大寒の夕日黄金《くがね》に酔ひにけり

菜の花に坐せば対岸さらに濃し

さざなみにさざなみあらた花待てる
石鹼玉仙境山河うつりけり
一支線二輛往復さくら咲く

雨後の道まだら乾きや燕

鯰の口破《や》れたり鉤をはづさんに

豚の尿流れて沁まず荒野の夏

小淵沢

踏み入れば赤松疎なり閑古鳥

啄木鳥《けら》として梅雨赤松をひた敲く

百二十余名の友と創刊三周年を祝す

林間に夏館ありひえたる

八ヶ岳雷神の火矢間を措かず
青田つづくはるけき草の堤まで
箱眼鏡流れに押すやすすべてみどり

青蔦の壁を覆ひぬ屋根もなかば
笊のトマト四個を並べ一個載せぬ
守宮誇らかおのが舌もておのが眼舐め

濡れ布にふしぐろせんをう包み帰る

日間賀島

投げられし島の子泣かぬ相撲かな

をんなの子同士の相撲すぐ引き分け

杖《つえ》衝《つき》坂《ざか》秋日に憑きし虻ひとつ

さはやかに知多と渥美とむかひあふ

伊良湖東大寺瓦窯

大仏の瓦焼くなり野菊の中

保美　潮音寺

南彦左衛門杜国の墓に詣でけり
おしろい花杜国に妻のありやなし
かはらのぎくすべての花弁吹かれをる

かはぞこもかはらも石やあきのかぜ

珠洲

焚き添へて薪ストーブや囲炉裏の間

眠るなり囲炉裏に太き薪よこたへ

冬紅葉おかつぱの子の腕組める

枯木山顔も洗面器も洗ふ

神の留守岬《みさき》端《はな》まで歩きけり

すべて黒着てマフラーも黒を巻く

日を入れて雲龍の形《なり》年の暮

有頂天

平成十六年・十七年

猿曳の紐引けば猿跳びにけり

鎌倉仏画千手観音二十八部衆像

二十八部衆にわれをり寒夜叫ぶ

一斗罐寒く鳴る缶投げ込めば

凍えし手なり鉛筆は握り書く

木曾川上空熊ん蜂横つ飛び

春闌けて飛ぶもののもなし有頂天

眞鍋呉夫氏

黒のボルサリーノと杖と朧を来

鳥海に田水張ればやはやさざなみ

生まれたる蠅あぢさゐの葉の上に

「澤」四周年記念号入稿

青嵐天平の門開きけり

富士山本宮浅間大社湧玉池

流水に藻の花五弁欠けずあり

青嵐われら富士への斜面にあり

軽鳧《かる》の親見遣る軽鳧の子はやはるか
軽鳧の親軽鳧の子呼ぶやころ低く
真鯉巨大やかるがもの子の直下

御柱時無し花火また鳴りぬ

御柱全長擦つてすすむなり

かんむりおとしチェーンソー振るひたる
かんむりおとしは御柱の先端を整ふること

御柱に雷火照らしや立ちつつある
御柱八十五度やなほ立てむ
立て終へし柱をところ降りて来ず

鬱勃と御柱立つ森の中
即死以外は死者に数へず御柱
青嵐源流は泡湧きたてる

虻抱いてはなさぬ蜘蛛や百合の中
黒黴と赤黴まじりゐるところ
裏磐梯崩落あらた灼けつつも

磐梯の灼けし裾野や湖に果つ

猪苗代湖の岬なりけり茂濃く

会津

少年を死なせし国やさるすべり

屋敷森濃し一面の青田より
蓮散りてかさなりあふや水の上
あめんぼにあめんぼ乗るやまたたく間

比良山地

山川にビール冷やすやケースふたつ

山水にビール重《おもし》は大薬罐

みんみんよりつくつくほふしまさるころ

ふかく眠りぬ秋草の生けあれば

秋晴や古木のいろに奈良井宿

三方へ井水噴くなり秋日和

べんたうに甘煮の小蝦秋日和

海に入る直前冬日拡がれる

常念の奥の青空年立ちぬ

左義長のやつつけ積みやいざ焚かん

手を挙げて触るる雪雲比叡山

根本中堂氷柱襖となりにけり

根本中堂電熱絨毯二畳分

比良の雪濃し比叡なる雪よりも

堀に満ち枯《かれ》蓮《はちす》なり堀を出ず

大根の土落すなり膝に打ち

ふるさとは洟たらし父ゐるところ

野沢菜漬刻んで煮たり日の匂ひ

曼荼羅の隅の大魚や冴返る
啓蟄が面《つら》に小《ち》さき目しかとあり
啓蟄へ大いなる嘴《はし》振りおろす

おほいぬのふぐり花弁の藍のすぢ
干しらす返すや厚く敷きあるを
爽波のこゑ裕明のこゑあたたかし

花冷や都電と都電すれちがふ

山群れて信濃となりぬ山桜

欠席は林檎の摘花作業のため

洗ひ場の忘れ小皿や梅雨最中

蛸壺を束子磨きや潮に洗ふ

蟹の身を吸ふ蛸甲羅抱きかかへ

沸騰の静まらず蝦蛄投ずるも

羽止めて夏燕なり滑空す

壜に籠め紙魚を飼ひをる女かな

紙魚の銀うすれて黒や飼ひをれば

立ち上がらずよ草に這ひ草を引き

草引くや種落すなと念じつつ

引ける草雨に根づきぬ抜き焼き捨つ

入道雲ねぢれ立ちなり海の上

濡れ布をほどけば鯛や宵祭

棒先に大骰子や祭舟

断ち切れる鰻の首や鰓うごく

吹き消せば火のまぼろしや秋隣

長崎

稚魚の群きらめきゆけり海胆の上

海胆の群チューハイ空缶を離れ

海胆集ふ棘なる先を相触れつつ

島の教会かとりせんかう置くあはれ

眼鏡橋

草川を泳ぐ鯰や身を捩らせ

日の差して鯰の腹の白はづかし

辛子塗りえごの厚しよ半ば透け
えごは海藻を寒天状に固めしもの、北信濃の盆料理なり

うるかもてわが歯わが舌よごすなり

川面に湧き水の塊きりぎりす

囮置く岩に山川たぎつかな

笊の内かならず笊や笊屋秋

東京タワー

鉄鉄鉄秋日鉄鉄塔となす

冷えびえと阿修羅が耳の四つのみ

父母金婚

菊の花父の背中をながしけり

編木《びんざさら》振り鳴らす爺芋煮会

肥溜の肥に張る皮木の実乗る
澤胡桃洗ひ干しあり箱傾け
ねこじやらし葉の暗紅を愛すべし

深秋や発光魚嚥《の》み発光魚

敷きなせる欅落葉を踏み来たる

凍星の座を組みえたり浅間の上

冬日差し入り虚子庵やふた間のみ

糠撒いて畑の畝や神の留守

駒ケ岳垂直の澤雪来たる

生キテヰテヨカッタ

平成十八年・十九年

割氷突つ立つてをる氷かな

せきれいのうれしくあゆむ氷の上

雪塊に乗り上げ左輪停めてある

膳所戒琳庵は洒堂旧居、洒落堂跡

さざんくわの葉に乗れる雪氷《ひ》となりぬ

嘴《はし》に嘴入れ寒鴉愛するか

寒天干す太陽に雲厚けれど

日に焦げて枯薄なり川上まで

鍋深くスープ澄みをり冬籠

暖房車籠の子犬の吠えにけり

狸罠にかかりたる猫助けしと
水仙に声明のこゑそろひけり
スポンジを握れば泡やうららなる

たかだかと鳥帰るなり岳の上
雪形に額を照らされてわれら
山葵の茎に鼈甲の艶漬込んで

花の夜の鯛飯焦《こげ》もよそへかし

一片のさくらはなびら切れ込み佳し

抜きえたる鰆の卵瑕瑾なし

ながながと鰆の卵笏のなり

馬の腹虻点々ととりつける

こふのとり嘴打ちならす日永かな

水入れて薬罐くもりぬ桃の花

けまんさう華鬘五つを並べ吊る

杉山のひともとと桐や花得たる

薫風や頬杖ついてかんがへず

親指に蚕豆の莢割りにけり

やまめの身朱の点しるし煮たれども

鵜匠の手大いなり鵜ののどを揉む

夕凪やすれちがふ犬うなりあふ

餓鬼岳のみづいろどきや蚊喰鳥

蟻地獄雨一滴のひびきけり

月見草木箱のラジオ灯りけり

うるり来ぬ首筋の汗くさければ
うるりとは信濃大町に棲む蚋状の螫す羽虫なり

ささと鳴る天蚕の繭振りみれば

吉岡 実

詩人の指にはさみしんせい緑の夜

ソーセージころがし焼きや花木槿

一面の葛一面に葛の花
葛の葉の縁黄ばみつつ花持てる
真葛原黒煙をあげ燃ゆるもの

セイタカアワダチサウ秋草に入るや否や

万年筆挟み手帖や末枯るる

釣り捨ての魚つつく鳥しぐれをる

背立てて拝み喰なり嫁が君

七人掛座席七人着ぶくれて

おでん屋の丸き木椅子に帰り来し

おでんぎつしり白木の蓋を取りたれば
おでん鍋はんぺん浮くや沈めても
雪つけず墓一群や雪の中

枯野行く脱げたる靴は履きなほし
わが肩をついばむ迦楼羅枯野行く
立ち上がり巨人去りゆく枯野かな

枯草をはらひ立つなり尻と腿

炭窯瞶《み》るあさくみじかき眠り覚め

鰭酒の炎あはしや消えで在る

十二月おどろけば稚魚かがやけり

忘れ潮澄んで深しよ年の暮

若水の揺れこぼれずよ桶の内

初鴉発ち富士の方富士遠し

林中の初氷なり誰も知らず

天明の塵かんばしや蕪村の忌

日に透けて男の耳や桜散る

こしあぶら酢味噌の金《くがね》掛けにけり

神護寺宝物虫払

僧の声ゆたかに甘し虫払

若楓を透くる日生キテテヰテヨカッタ

突然に夜空となりぬ菖蒲酒

鬱怏として筍やよこたはる

わがひげに玉なす汗やものいへば
雨に出す蝸牛の肉龍太無し
三鈷杵をもてさみだれを払ふべし

川端康成旧蔵金銅三鈷杵

池の底あるくゐもりや百済寺
塔に棲むかはほりの糞縁の上
かはほりの糞ぞ蚊の目のあまた入る

とかげ酒の蜥蜴瞑目壜に歪み

屋敷森欅五本や南風

泉の力わが掌入るるを拒むまで

押し入れてペットボトルや泉に汲む
一茎に茄子八十やしづもれる
鮑放精殻なる穴のすべてより

わが頬に卓の脚あり暑気当り
わがおくら一寸伸びや明けたれば
白桃に赤きところや皮剝けば

一蔓にあけび三個や熟れちがふ

西行のころもの裾のゐのこづち

菩提山神宮寺址

猪罠注意の札携帯電話番号明記

みづうみのあらなみに秋惜しむなり
琵琶湖上大風吹きぬ神の留守
朝日に散る小楢の葉なり吹き上がり

からまつ金《くがね》こなら銅《あかがね》散りつつも
吹き上がり落葉帯なす谷の上
身に受くるからまつ落葉払はず行く

サーカスのテント落葉の吹きあたる
凩にわが耳も音立つるもの

香水杓

平成二十年・二十一年

食積の重の五段やひろげたる

ラーメンのかがやく油松の内

内山永久寺跡

大寒の竹林けものの走り込む

大寒の雨溜まりをり舗道の上

融雪剤粒《つぶ》粒《つぶ》白し雪の上

残雪の一《いち》文《もん》字《じ》なり畝の間

メタミドホス・ジクロルボス・クロリピリホス黄砂降る

槍ヶ岳小槍もしるし春夕焼

梅雨打てる八手の葉なり光りつつ

街《まち》夕《ゆ》焼《やけ》世界終れる火にあらず
摩天楼いま雷神の取り憑きつ
網戸にからみ虫の脚なり胴はや無し

茄子に水でたらめの唄うたひつつ
皮割れの旱蕃茄となりにけり
淵に潜る頭上はるかを鮠よぎる

熱き麦茶滝つ瀬注《つぎ》や土瓶より

朽木　興聖寺旧秀隣寺庭園

うねりつつ蛇泳ぎゆく泥の上

髭濃くて夕となりぬさるすべり

夏潮に乗り来たる魚藍も黄も

羽搏つて揚羽交りぬ千々石湾《ちぢわわん》

原城

三万七千鏖《みなごろし》の地秋の草

島原

水澄んで水路とほりぬ道真中

石一段降り洗ひ場や草の花

橋と置き一枚石や草の絮

浜の穴に砂とばすもの秋日和

うすうすと多度の山あり稲垂る

あをあをと雨乞淵の深さかな

大黒屋

秋水に鯉の身締めぬ泳がせて

日の落葉くつがへしたり鳩の嘴

トラック荷台ベニヤ囲ひや神の旅

信濃大町

ラッセル車ディーゼル車ラッセル車進み来ぬ

ラッセル車ライト庇の深きこと

風邪の神侏儒《こびと》なりけり胸踏める

水にたらしうがひぐすりの青き塔

突き出《いだ》し廻すたいまつ修二会なる

たいまつを離れ炎や修二会なる

水取の火の粉にいのち我に来ぬ

五体投地膝打ちつけぬ板寒き

香《こう》水《ずい》杓《じゃく》にさしだす掌掌掌われの掌も

顔に擦り込む香水《こうずい》をたまはれば
達陀《だったん》の秘法煙のあぶら臭《くさ》
おほかぜのおほゆれざくら花散らず

花篝薪足したる火の粉なり

家内にみひらく赤子花の昼

石と土と木と紙の家さくら咲く

酒呑んでたふれ眠るよ花の下

やまうどの粗切り茹でぬ味噌まぶす

春昼やみづあめ入りの一斗罐

多賀城はゆるき草山青み初む

田を打ちにけり多賀城の内も外《と》も

草の芽や靺《まつ》鞨《かつ》国《こく》へ三千里

少年の墨書の遺書や知覧春

鶴岡

あをくさにのれる花屑吹きとばすな

大欅すべての若葉風に鳴る

伊豆松崎に桜餅の葉のための畑あり

蕾摘み花咲かせざる桜かな

葉桜畑丈低く葉の密度濃く

桜葉の漬込樽や梯子かけ

一樽に二百万枚桜葉漬く

塩袋積みかさねあり桜葉漬く

葉桜や柄杓ひたせるポリバケツ

尿前の関址封人の家

炉を焚きにけりけむくとも暑くとも

夏炉の客座は芭蕉の座なりおのが身置く

百年後全員消エテヰテ涼シ

秋夕焼象も鯨も老い泣きぬ

傾けて小面泣かすくさひばり

えいえいと声出で餅《もちい》搗きにけり

熊が肉《しし》猿《ましら》が肉と一包み

熊が肉落ちずよ皿を反しても

野沢菜の短か切りなり鰹節かけ

探梅や化石の貝のしらじらと

翁に問ふ

平成二十二年・二十三年・二十四年

月の裏側を想ふ

クレーター内クレーター去年今年

くろがねを巻きたる独楽や掌に立たす

一つ木に群れ初雀みな鳴ける

大久保　くろがね

鋤焼に茹で馬鈴薯や鱒二流

珠洲

鶏の寝入るふくろふ鳴きつづく

料峭や鶏卵集め来たる籠

客をよろこび靴踏む犬やふきのたう

もろどりに鳳凰来たり涅槃像

涅槃図の地やひしめける泣かざるもの

飯蛸壺にねむる飯蛸足そよぎ

雪形の蝶胴ひとすぢの藍しるし

捕らへたる蝮口よりふたつに裂く

蝮飛び出づ一月壜に込めたるも

梅雨の水面仰ぐばかりや魚のわれ

巣に帰る燕喜びしかとあり

榛名山万緑の押しのぼるなり

万緑の起伏ありけり榛名まで

鉄板ににほふヤキソバさるすべり

首振って鳴る扇風機うどん食ふ

花茣蓙の卓袱台ゆらぐ拭きたれば

大瓶ビール結露しとどや盆の上

朴の花切るや高枝鋏もて

朴咲きぬ放射状なる葉の上に

手の甲につく瓜の種吹き飛ばす

蛍籠寄り来る蛍ありにけり

女子中学生同士抱きあふ青葉の下

草木国土悉皆成仏草刈れる

熱田

神祀り蛇祀るなり森の奥

鶏卵を提げ来ぬ神の蛇のため

水鉄砲黄緑いろや泡入れる

汗の腕置いて机や密着す

雲の峰かがやきてあり雲の奥

林泉寺

蓮の茎をあゆみ川蝦深みへと

居多ケ浜

親鸞上人上陸の浜鱚釣れる

白地着て惟喬親王《これたかのみこ》木の間に消ゆ

島本町に田中裕明ゆかりの藤寿司を訪ぬ。鱧のうきぶくろを笛と称すれば

鱧の笛鳴るべうもなし酒酌める

扇風機羽透明や止まりても

子燕の育ち親ほど発たでをる

砂浜へ降り立ち蜈蚸よるべなし

たうがらし干すや枝より捥《も》ぎとらず

藍重ねたる秋岳となりにけり

須賀川牡丹焚火に参ず

火吹竹五尺を吹きぬ牡丹焚

牡丹焚垂直の火の柱澄む

わが頬や牡丹焚火の火に照れる

牡丹焚いまむらさきの燠となる

枯草の相打てるなり音もなし

枯草を黒犬の駆け来たりけり

餓《が》鬼《き》岳上空一塵もなし枯葎

にぎりし掌ひらけば年の立ちにけり

初鴉舌も黒しよ嘴《はし》開けば

獅子舞の金の歯に見え眼鏡の顔

みちのくのがれきが下や草芽吹く

みちのくのみなとのさくら咲きぬべし

翁に問ふプルトニウムは花なるやと

燕の巣蛍光灯の笠の上

こんにやくの花の大きく臭きこと

すいれんの蕾斜めや水面出で

蛍くさしよてのひらを洗ひても

梅雨の樹下なり草の道岐れゆく

松生えて名無しの島や梅雨明けぬ

青葉の夜煮魚の皮かがやけり

階段の鉄ひびきける西日かな

雷神踏む東寺の塔の水煙を

小走りの小蝿萍密なる上

尾張津島天王祭

莫蓙敷きの飲食舟《おんじきぶね》や宵祭

松の間をまきわら船の灯ぞよぎる

濡縁に皮座布団や坐れとぞ
皮座布団に小さき継《つぎ》や皮もて当て
羅城門礎石も失せぬ大地灼け

夕立を走り来顔を洗ひつつ
サーファーの頭頭頭頭頭頭頭波を待つ
サーフボード洗ふタンクの真水もて

霍乱や耳を出でたる金の龍

二上の夕日まぼしきとんぼかな

ひぐらし谷昼も蜩鳴きしきる

墓石をぬぐふタオルや墓参

大南瓜持ちあげたるよ茎をもて

露けしや眼鏡の厚き植字職

夜業人油汚れの額にも

子規庵

縁側に敷く新聞紙糸瓜置く

鶏頭や立ちて済ませる一片食《ひとかたけ》

象山地下壕岩肌露に濡れ照れる

原爆製造試みし壕秋灯

新米を握りこぼしぬ新米に

月光の閻浮檀金《えんぶだごん》を浴びにけり

年あらたまる人類の深き智慧

梅咲くや木箱重ねて製麵所

句集　澤　畢

あとがき

本句集『澤』は、『砧』『立像』『瞬間』に続く第四句集である。

長い間、句集を刊行しなかったため、どこで区切るかの判断が難しかった。しかし、昨年、平成二十四年の句を収めた『瓦礫抄　俳句日記2012』を刊行したので、今回は『瞬間』以後『瓦礫抄』以前の句をまとめることとした。著者四十代半ばから五十代半ばに至る作品である。

この時期は、一昨年刊行した『芭蕉の風景』の元となった雑誌連載のため、芭蕉にゆかりの地を毎月訪ねていた。その取材中に作った句を、本集に多く収めてある。同書収録句との重複はない。またこの旅以外にも、日本のさまざまな場所に赴いたので、各地の豊かな自然と奥深い歴史に分け入った体験が、本集の句には反映している。そして毎月ふるさと信濃に帰り、その山々とも向き合ったので、おのずと信濃の山の句も多くなった。

本集の末尾近い平成二十三年は、東日本大震災のあった年だった。この年には福島第一原子力発電所の事故も発生して、都内で生活していたぼくにとっても、たいへん心細く感じられる日々が続いた。電力不足もあって、都内で句会が開催できないこともあった。芭蕉の旅で訪ねた際、あたたかく迎えて下さった、みちのくのひと、そして、風土が深く傷つけられたことは、忘れてはならないと思っている。

表題「澤」を用いた句は集中いくつかあるが、表題句とはしない。表題「澤」はぼくが主宰する俳句雑誌の誌名に拠る。「澤」創刊号（平成十二年四月号）から「誌名『澤』について」全文を引こう。

「澤」はしぶきを上げつつ天から地へ山中を流れ下る清冽な一筋の流れである。それはそのまま清新な俳句の比喩となろう。その一語に小澤實が生まれ育った信濃の山中、その青々とした風景も彷彿とするのである。

この文章に現在、付け加えることはない。

「澤」と名付けた会に多くの仲間が集ってくれた。そして、着実に年月を重ね、二十周年を迎えることがかなった。ただ、二十周年記念の祝宴は、コロナ禍のために延期せざるを得なかった。その大会をあらためてこの秋に執り行う。祝意を込めてこの一冊を刊行したい。本集に収めた句はすべて「澤」に収録したもの。「澤」があったから、残しえたものだ。「澤」に関わったすべての方に感謝したい。とりわけ、ともに俳句を学び楽しんできた「澤」の仲間に深謝をささげたい。

令和五年五月吉日

於武蔵野　水禽書屋にて

小澤　實

小澤　實（おざわ・みのる）
昭和三十一年（一九五六）、長野市生まれ。
昭和五十二年、「鷹」入会。平成十二年、「澤」創刊主宰。
句集に『砧』、『立像』（俳人協会新人賞）、『瞬間』（讀賣文学賞詩歌俳句賞）、『瓦礫抄　俳句日記２０１２』。
著書に『万太郎の一句』、『俳句のはじまる場所』（俳人協会評論賞）、『名句の所以』、『芭蕉の風景　上・下』（讀賣文学賞随筆・紀行賞）など。
共著に『池澤夏樹編日本文学全集　近現代詩歌』、人類学者中沢新一との対談集『俳句の海に潜る』。
俳人協会常務理事。讀賣新聞・東京新聞俳壇選者。
澤俳句会
〒166－0001　東京都杉並区阿佐谷北4－9－19藤原ビル201　嶋田方
https://www.sawahaiku.com

句集　澤《さわ》

澤俳句叢書第八篇

初版発行　2023年11月1日

著者　小澤 實
発行者　石川一郎
発行　公益財団法人 角川文化振興財団
〒359-0023　埼玉県所沢市東所沢和田3-31-3
ところざわサクラタウン 角川武蔵野ミュージアム
電話 050-1742-0634
https://www.kadokawa-zaidan.or.jp/
発売　株式会社 KADOKAWA
〒102-8177　東京都千代田区富士見2-13-3
電話 0570-002-301（ナビダイヤル）
https://www.kadokawa.co.jp/
印刷製本　中央精版印刷株式会社
 ISBN978-4-04-884559-5　C0092